SIXAIN

DE SONNETS

etc.

PAR

HENRI ISSANCHOÙ

Prix : 50 centimes

PARIS

J. ALBINET, ÉDITEUR

166, rue de Grenelle

—

1881

A mon père et à ma mère.

Henri ISSANCHOU.

SIXAIN

DE SONNETS

etc.

Jeu des Renards

Beau Tableau de 25 centimètres carrés
avec les règles, collé sur carton très-fort.
et la boîte de 23 jetons en os
dont deux violets.

Prix FRANCO : 2 francs.

N. B. — Ce jeu très-ingénieux exige moins
de tension d'esprit que le « jeu des dames. »
Quelques minutes suffisent pour en compren-
dre le mécanisme.

Adresser les commandes à M. Justin ALBINET,
Éditeur, 166, rue de Grenelle-St-Germain.
à Paris.

SIXAIN
DE SONNETS

etc.

PAR

HENRI ISSANCHOU

Prix : 50 centimes

PARIS

J. ALBINET, ÉDITEUR

166, rue de Grenelle

—

1881

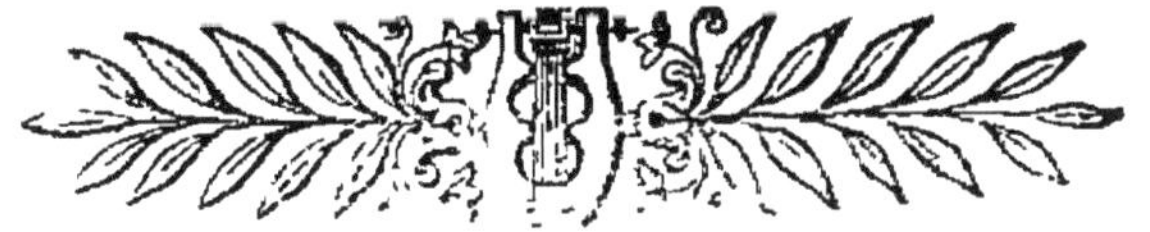

LE PROGRÈS

A mon ami CÉLESTIN CAMBOULIVES.

> « Jadis un bâton à la main,
> « On partait de l'hôtellerie,
> « Qu'on fut touriste ou pélerin,
> « C'était l'image de la vie,
> « Toujours un brin de poésie,
> « Venait égayer le chemin.»
>
> Alibert, *de Roquecourbe*.

Dans ce siècle nouveau voyez comme il s'avance
Cet immense géant qu'on appelle PROGRÈS ?
En cruel Polyphème il règne sur la FRANCE
Et des antiques us constate le décès.

Son antre est l'AVENIR avec l'indépendance,
Le PASSÉ son bâton ! Jugez de son succès !
Ses nombreux ennemis se taisent par prudence
Ayant perdu l'espoir de faire son procès.

Pour lui crever son œil manque le tourbe Ulysse!
Qu'il achève à jamais son superbe édifice !
Son but est lumineux, j'approuve ses desseins,

Néanmoins j'aperçois son lugubre ravage...
Je voudrais des aïeux le mode de voyage,
Je pleure et je regrette encor... les vieux
[chemins!...

Paris, le 23 mai 1879.

L'ORAGE

—

A mon ami J. ALBINET.

Tout tremble,
S'enfuit,
Tout semble
Du bruit.

L'ensemble
Produit,
Ressemble
La Nuit,

L'orage
Ravage,
Dissout,

Divise
Et brise
Partout.

Paris, 22 février 1879.

LA CAPITALE

—

A mon oncle J. ISSANCHOU.

« Reine de l'univers, immense labyrinthe
» Des superbes produits du corps et de l'esprit,
» Avant de te quitter je dépose ma plainte :
» Ton séjour me plairait si, malgré mon dépit,

» De tes « lugubres cris » je pouvais fuir l'atteinte.
» Inutiles efforts ! . . Certes cela suffit,
» Je sortirai bientôt de ta bruyante enceinte,
» Car chez toi je ne puis reposer dans mon . . . lit. »

Tel est des villageois le naturel langage,
Ils préfèrent toujours dans leur simple village
A tes diners pompeux leurs rustiques repas.

Ils détestent la rue où se pressent en foule
Les piétons et les chars, tumultueuse houle,
Que dirait aujourd'hui l'auteur des Embarras !. (?)

Paris, 15 février 1879

LA FEMME-PENDULE

—

A mon ami Pierre VEYRAC.

Vouée à l'abandon, au sortir de l'hospice,
Le sort lui réservait des tortures sans fin ;
Mais elle, confiante, au bord du précipice,
Marchait. Quand vint l'hiver, elle eut froid, elle eut faim.

Elle lutta long-temps ; mais le fatal calice
La tenta certain soir ... L'aile du séraphin
Laissa sa plume blanche en la fange du vice,
Elle vendit son corps pour un morceau de pain.

Aime-t-elle ? Son cœur, réglé comme une pendule,
Sur l'heure de la Bourse, offre à l'amour crédule
Le tic-tac régulier de ses rouages d'or.

Si parfois le plaisir aigu des sens l'étonne,
Son cœur, son cœur de glace est là qui bat encor
Sous les seins enflammés, son tic-tac monotone....

A Mme ROUX.

Dans mes rêves souvent je pense à vous, Palmyre,
Je vous adore en vain, bel ange de douceur,
J'ai pleuré sans me plaindre et je n'ose vous dire
Tout mon amour pour vous ni vous offrir mon cœur.

Je n'oublîrai jamais votre divin sourire
Et je conserverai chez moi la belle fleur
Que vous m'avez donnée. On perdrait un empire
Pour recevoir de vous un baiser par faveur.

Ah! Comme je mordrais la pomme avec ivresse!
Mais quand votre regard m'épouvante et me blesse
Vous ignorez combien vous me faites souffrir...

Et quand pour vous fléchir je n'ai plus de vocable,
Vous persistez toujours à rester implacable,
Alors, dans mon malheur, je n'ai plus qu'à mourir.

Paris, 15 juillet 1881.

UN MERLE BLANC

—

Sonnet libre — accrostiche — mots carrés.

—

Cam! étant mon *premier*, on est aventureux ;
En tout temps mon *second* s'est placé comme bande
Vous trouverez toujours mon *troisième* écailleux ; ·
Issu du Nord, je suis habitant de l'Islande.

Ze vous a-t-on jamais, après un mot carré,
Électrisé l'esprit par l'appât d'une prime ?
Noïle aurait trouvé le mien trop peu narré ;
Mais vous, de cette erreur, seriez-vous la victime ?

Optez discrètement le petit mot voulu,
Il est facile ainsi d'avoir du superflu.
Soyez surtout discret, et dans votre constance

Interloquez l'auteur par votre manigance.
Voici sa prime, à lui, vous aurez (je suis franc),
Pour votre résultat le plus beau.... merle blanc.

Paris, janvier 1879.

DEVANT UN ANGE ENDORMI

—

POÉSIE

—

A mon ami Henri PÉTRÈ.

« Mon œil émerveillé te surprend endormie
» Sans avoir nulle crainte, ô ma plus tendre amie,
    » Qui m'enivres le cœur.
» Comme je t'aime ainsi, sommeillant sans parure
» Toi qui m'apporteras bientôt et sans mesure
    » Le suprême bonheur.

» La mère avec amour prodiguant sa tendresse,
» Embrasse à son réveil l'enfant qu'elle caresse
    » A ses côtés dormant ;
» De même sur la couche où ta beauté repose
» Mollement étendus tes bras de couleur rose
    » Presseront ton amant.

» Ton visage si calme où règne la franchise
» Et ton sein palpitant au toucher de la brise
    » Bouleversent mes sens ;
» Mais l'ange qui te garde est plein de vigilance
» Et de son glaive ardent protège l'innocence
    » Des désirs offensants.

» Laisse-moi seulement sur ta bouche adorée
» Mettre le doux baiser du suave hyménée
         » Et te dire mes vœux....
» Tu t'éveilles surprise !.. Oh ! ne sois point confuse,
» Je suis à tes genoux, devant Dieu ne refuse
         » De couronner mes feux.»

Le cœur de l'ange bat à cette voix si tendre
Et se donne à jamais.— Au temple ils vont se rendre
         Faire un vœu solennel...
Il était beau ce jour !.. Imitez-les, jeunesse,
Et vous aurez le cœur tout rempli d'allégresse
         En montant à l'autel.

Camboulives (Aveyron), août 1878.

JEUX D'ESPRIT

I.— ENIGME.—   Je me plais au cœur de Paris
                   Et je figure dans le Louvre ;
                   Mais dans l'Afrique ou me découvre
                   Comme aussi dans le paradis.

II.— LOGOGRIPHE.

Je remplace, lecteur, sur SEPT PIEDS, le pavage,
Et sur QUATRE je suis ton père primitif ;
Sur DEUX, j'ose me dire adjectif possessif,
Et sur UN je vaux cent, voilà mon avantage.

III.—CHARADES 1°--Je suis un simple pieu.
                —   J'exprime la fatigue.
                —   Je suis fille d'un Dieu,
                      Et méprise l'intrigue.

           2°-- MON PREMIER note de musique.
                — MON SECOND se voit dans dorique.
                — Si je pouvais vous mettre à bout!
                  Les petits enfants font mon TOUT.

IV.—MOTS CARRÉS 1°--On me nomme mer de Zabache ;
     SIMPLES :   — J'ai deux bosses sur le garrot ;
                   — Gare! En mon sein la mort se cache ;
                   — Je sus travailler un lingot.

2º *Voir le Sonnet* « UN MERLE BLANC » *page* 10.

V.— *Mots carrés antisyllabiques*

Pour avoir mon PREMIER placez mon Nom en tête;
Mon SECOND, chers lecteurs, est bouclier des Romains ;
La mer est mon DERNIER après une tempête.
Si vous trouvez ces mots frottez-vous bien les mains.

VI.— *Mots carrés en losange.*

— Je ne quitte jamais des maquignons la bouche
   Et dans beaucoup de cas les chevaux j'effarouche ;
— Pour mon second, prenez l'italique d'*Asfur*
   Ce n'est pas difficile et vous m'avez pour sûr ;
— Au passé défini je suis mis comme verbe;
— Dans votre esprit je suis facilité superbe;
— Comme ces mots carrés sont faits en amateur,
   Il faut placer ici le nom de leur Auteur ;
— Je protège en tout temps la tête de Madame ;
— D'écoulements dartreux je suis l'âcre amalgame ;
— Retourné je me dis l'inventeur du raisin;
— Je suis une voyelle entrant dans chérubin.

SOLUTIONS DES JEUX D'ESPRIT.

I.   La lettre R.
II.   Macadam, Adam, ma, C.
III. 1° Pal-las — 2° Do-do.

IV. 1° A Z O F — 2° A R M É
         Z É B U   R A I L
         O B U S   M I C A
         F U S T   É L A N

V.

ISS	ANC	HOU
ANC	I	LE
HOU	LE	USE

VI.
```
                  I
            A     S     F
         V  I     S  A     I
      A  I  S  A  N     C     E
   I  S  S  A  N  C  H  O  U
      F  A  N  C  H  O  N
         I  C  H  O  R
            E  O  N
               U
```

TABLE

Nota. J'ai déjà envoyé les vers de cette plaquette à différentes publications périodiques J'indique entre parenthèse la page ou la date des journaux qui les ont insérés.

Imp. Léon JABERT, Valréas (Vaucluse)